銀色小調

周慶華・著

【序】

拼貼創意，玩出真情

簡光明

一、「小調」裏的大世界

《銀色小調》是一本「小詩」集，每一首詩不超過三行，在極短的篇幅內完成語言的實驗。張默《小詩選讀》將小詩的篇幅定於二行到十行之間，以「語近情遙，含吐不露」為其本質，對於語言的要求相當高：「體積玲瓏，品質精純的小詩，在語言上，應力求洗鍊，講求密度與深度。在意象上，應力求突兀、轉折、千變萬化。在感覺上，應力求暢達舒愉，縱橫自如。在節奏上，應力求抑揚頓挫，甚至譜出天籟之音，散發一首小詩特別的光環」，從而使小詩成為「瞬間爆發料峭之美的綜藝體」。用張默的話來形容周慶華的小詩，基本上是相當適切的。

全書共分八卷，卷一「無心」與卷二「很有意」形成對照，卷三「我寫的書」與卷四「他者」可以參照，卷五「旅人系列」與卷六「曾經」都是個人的生命經驗，卷七「上下古今」與卷八「紅樓夢人物速寫」則為對古今人事物的描述與評論，各卷的安排頗見巧思，呈現小調中的大世界。

為了藏拙以及減少過度誤讀，這裏只選擇前三卷若干詩作略為詮說，以免剝奪閱讀的樂趣。

二、「無心」的新發現

人生中的許多發現，往往出於無心，無心，反而能夠照見生活裏細膩而幽微的感受。柳宗元在永州，刻意走訪高山、深林與迴溪，想要擁有柳州的異態山水，卻不可得；因為偶然的機緣，坐法華西亭，望西山，才發現西山的特異，而有〈始得西山宴遊記〉的傳世。「在太平溪口看到海／突然心寬了兩個肩膀」（〈偶遇〉），就有這樣無心的發現，太平溪是臺東縣中部的一題溪流，在臺東市注入太平洋，看到溪水流入大海，使人心胸寬廣。

無心才能神全，莊子提到醉者墜車，雖疾不死，〈達生〉說：「骨節與人同而犯害與人異，其神全也，乘亦不知也，墜亦不知也，死生驚懼不入乎其胸中，是故遻物而不慴。」這是無心而神全的功用。辛棄疾〈西江月〉刻畫醉者形象一樣精采：「醉裏且貪歡笑，要愁那得工夫？近來始覺古人書，信著全無是處。昨夜松邊醉倒，問松我醉何如？只疑松動要來扶，以手推松曰去！」想來周慶華應該是喜歡這闕詞的，古人書未可盡信，因而在其他卷中提出新解，而人與樹的對話，則不用醉也可以達到無心的功用：「走到樹前，我斜著身對它說：『你長歪了。』／『是嗎？』樹回我：『你也沒多正。』有個人笑吟吟的盯著我們看。」因為無心，不必思考有用與無用，反而更能與有情天地對話。

作為教學者，對於「教授者」與「學習者」關係有時會有新的發現，「鈴聲響起／我的嘴巴迸出一顆心」〈〈遏止（一）〉〉，鈴聲響起，課程即將結束，聽者往往必須趕赴另一門課程，無意在教室停留，講者卻正要從嘴巴迸出一顆心，原本可以好好說，或者可以說得動聽，突然間變得說也不是，不說也不是，當然應該遏止。另一種情況是，「鈴聲響起／我的嘴巴迸出一顆驚訝」〈〈遏止（二）〉〉，聽者驚訝，不免想要進一步探問，師生正可以有所交流互動，無奈鈴聲響起，不得不草草結束，當場無法處理，下一次上課，已失去原來的好奇，當然也該遏止。還有一種情況，「我的心響起／嘴巴迸出一顆鈴聲」〈〈遏止（三）〉〉，從知識的傳遞到心靈的互動，課程的進行本應有一定的節奏，教者的心響起，原本可以有心靈互動的時刻，用語不適切，而草草結束。三首詩都以「遏止」為標題，正好說明對於「無心」發現所產生的尷尬，因而刻意想要遏止。三首詩，只在文字上略為更動，卻產生豐富的意涵，既是詩的遊戲，又能表達詩人的內心世界。

在日常生活中，「無心」會有新發現；對於電影，則必須「有心」，才能揭示影像的意涵。

三、「很有意」的影像與語言

一般人看電影，往往只看到「很有意思」的地方，周慶華則看出電影中對人物的形象與情節的處理「很有意」的安排。卷二「很有意」主要即為對於電影的新詮釋——小詩所呈現的，是有關電影的觀察，依照周慶華的寫作習慣來看，不久之後，當有「電影文化學」之類的專著。

電影是影像與文字的結合體，影像既要呈現文字所描繪的景象及文字所表達的意涵，然而影像自有生命，未必只能作為文字的工具，「影像在逃離文字的捕捉／我追到了它布下的驚嘆號陷阱」（〈電影〉）。周慶華看出影像所設的陷阱，自然不會落入陷阱，從而了解影像與文字的各自的功能以及其間的差異。

電影的情節由語言與畫面組合而成，鏡頭的處理最能說明影像與語言的差異，「掃描一個虛張的故事／長短遠近淡入淡出我們來終結說話」（〈鏡頭〉）。鏡頭本身不會說話，鏡頭裏的人會說話，電影放映時，影片畫面由黑暗而漸明亮，稱為「淡入」；電影畫面由明亮清晰而逐漸暗淡，表示時間的轉換或結束，稱為「淡出」。故事雖由人物與語言來表現，卻需要鏡頭將影像作淡入淡出的處理來開始與終結。

「蒙太奇」是常見的電影表現手法，原指導演將全片所要表現的內容，分為許多鏡頭分別拍攝，再依原定創作構思加以組接，使其產生連貫、呼應、對比、暗示、聯想等作用，形成有組織的片段、場面，周慶華用「躲在鏡頭下的一隻鴨子飛了」（〈蒙太奇〉）來說明。鴨子躲在鏡頭下，鏡頭就無法捕捉到鴨子，鴨子飛離鏡頭，則成為另一個鏡頭下的影像，於是看似不相干的兩件物品的結合，產生新的意義。

談電影，不能不提「悲劇」與「喜劇」。所謂「悲劇」，不必然要從亞里斯多德談起，

「還要放逐多久／故鄉的佳人已經生霉氣結了」（〈悲劇〉），美人遲暮即為一種悲劇，張愛玲〈創世紀〉說：「從前她是個美女，但是她的美沒有給她闖禍，也沒給她造福，空白美了許多年。」空白美了許多年，頗有蒼涼的意味；遊子的放逐，使故鄉的佳人生霉氣結，遭遇更為不幸。「喜劇」主要以誇張、幽默及機智的手法，嘲諷醜惡與落後的現象，從而肯定美好的事物，「摧毀一座城市後／天空突然放晴」（〈喜劇〉）頗得喜劇的箇中三味。城市裏，大樓林立，遮蔽天空，使人看不見陽光；唯有大樓被摧毀，市民才驚覺天空放晴。然而，大樓被摧毀，城市已不成城市，看見天空放晴的心情顯然不同於在雨天的曠野看見陽光，其間充滿嘲諷的意味。

當然，學者的生活也可以是一部電影，於是「午夜了我才要進入書本過正常生活」（〈開場白〉），「跳出書本我正好停在午夜」（〈收場白〉），從讀書開始，也以讀書結束，午夜讀書才是周慶華的正常生活。正常的生活，使他十幾年來已經出版四十二書，用小詩來寫自己的書則形成另一種寫作風格。

四、書寫寫書的詩

卷三「我寫的書」，是關於從近作《新福爾摩沙組詩》到少作碩士論文《詩話摘句批評研究》的詩作。「摘句批評」以個別詩句為對象，是一種最基本的實際批評，有了這樣的研究基礎，對於自己專著的詮釋與說明，也就更為得心應手。

「藏起了雕板／准你跟古老的心靈對決」（〈詩話摘句批評研究〉），藏起了雕板，也就沒有古今的隔閡，可以與古人對話；不尊古賤今，不死於句下，才具備古老心靈對決的資格。碩士生時期的周慶華，意氣風發，一九九〇年三月淡江大學舉辦首次全國性的「國內中文研究所在學研究生論文發表會」，他就發表論文，並得到評論人的肯定；同年十月，中央研究院中國文哲研究所籌備處主辦「中國文學與哲學研究生論文發表會」，周慶華發表〈詩話摘句批評的原理〉，邱燮友、黃景進、張雙英三位教授提出審查意見，黃永武教授擔任講評人，評論人都是國內文學批評界重量級學者。周慶華在綜合答辯時說：「以『優點』和『缺點』並列的方式來評論文章，本身就互相鑿枘，有違『矛盾律』的法則。面對此一矛盾的評論，本來也毋須答辯，但為了應命，還是勉為一試……此外，還有一些不相干的批評，答辯也沒有多大的意義，所以就省略不談了。」當時碩士班研究生對於學界先進的批評多半是接受而不敢違背，頂多是就所認知的不同略為解釋，周慶華的回應足以說明其學術性格。由此觀之，周慶華對決的對象，又豈只是古老的心靈？

「屋頂架橋／煙霧從時間中走過／等起風」（〈轉傳統為開新〉），書名原有「另眼看待漢文化」的副標題，是周慶華有感於創造觀型的西方文化無理的凌駕與人類前途多舛的堪憂，希望以開新的方式轉出氣化觀型的漢文化中原先高格化而未被挖掘的質素，以對評緩和西化或全球化浪潮所帶來的能趨疲窘迫的壓力。「屋頂架橋」可以視為西方文化凌駕於傳統漢文化之上，屋內的人不得安寧，卻又無力改變。「煙霧從時間中走過」，使屋內的人看不清楚外在的環境，也看不清楚自己。「等起風」，吹走雲霧，看到自己原有優異的質素，才能面對外在不合理的壓迫。

周慶華有計畫地寫作，用以建構完整的學術體系，語用符號學、靈異學、身體權力學、後臺灣文學、後佛學、閱讀社會學、故事學、後宗教學、中國符號學、語言文化學……每一種學問都有專著詳細論證，在這裏，則化成為一首首的詩。用輕盈的巧思，點出嚴肅的學術觀點。

「蝴蝶一隻輕輕地停在綠色的圖像上／纖細點將喚出歷史鑿過的地瓜」（〈新福爾摩沙組詩〉）。周慶華認為「詩是高度凝鍊精緻的表出方式，儼然是文學中的貴族」，於是以詩紀錄政治的批判、歷史的省思、邊地發聲的臺東觀察、教授羣像……「透過細膩哲理拼貼後現代的臺灣詩學景象」。綠色圖像是臺灣的地圖，地瓜是番薯的別名，也是臺灣人的代名詞，清楚地標舉出書名的由來，「纖細點將喚出歷史鑿過的地瓜」則紀錄周慶華的臺灣觀察與生活體驗。

五、小調與大論

一九八八年，國內中文系新增兩所碩士班，淡江大學的師資多為年輕而富於批判的學者，逢甲大學的師資則多為國學界大老，兩校學風迥然不同。周慶華就讀淡江，接受理論的訓練；我則就讀逢甲，接受國學的薰陶。後來因為參加學術會議，才對周慶華的「學者性格」有了初步的認識。

一九九三年中央大學舉辦「文學與佛學關係研討會」，周慶華與佛學研究者江燦騰對於佛學議題的激辯成為焦點，會場火力四射，也讓與會者感受學術上的堅持沒有讓不讓的問題。就讀博士班時，周慶華組織讀書會，邀請北部幾所中文所博士班研究生一起讀書，各自提論文，互相批判。讀書會中，周慶華總是能夠迅速掌握到問題的關鍵，帶起討論。我從彰化北上，數次與會，獲益良多。

離開臺北，周慶華到臺東大學教書，教學與寫作成為生活的重心，十餘年來，出版數十本學術著作與教學用書。因為屏東教育大學與臺東大學聯合舉辦研究生論文發表會，才與周慶華有了聯繫；應邀擔任臺東大學語教所學位論文的口試委員，看到他全心全力指導研究生，既要求學術品質，又關心日常生活，學者性格依舊，惟多了一份柔情。

後來應邀到臺東大學演講電影「古詩人社」賞析，周慶華在座，演講結束，他的詩也完成，當場朗誦，令師生感受到古今詩人的靈思交盪；參加臺東大學舉辦的研討會，王萬象教授評論周慶華的詩，他則以詩回應，詩文交互輝映。這才讓我認識到「詩人」周慶華。

《銀色小調》雖是篇幅短小的詩作，然而細細玩味，我們會發現，所謂後現代詩作，不只可以拼貼創意，還能玩出真情。

contents

卷三 我寫的書

卷一

無心

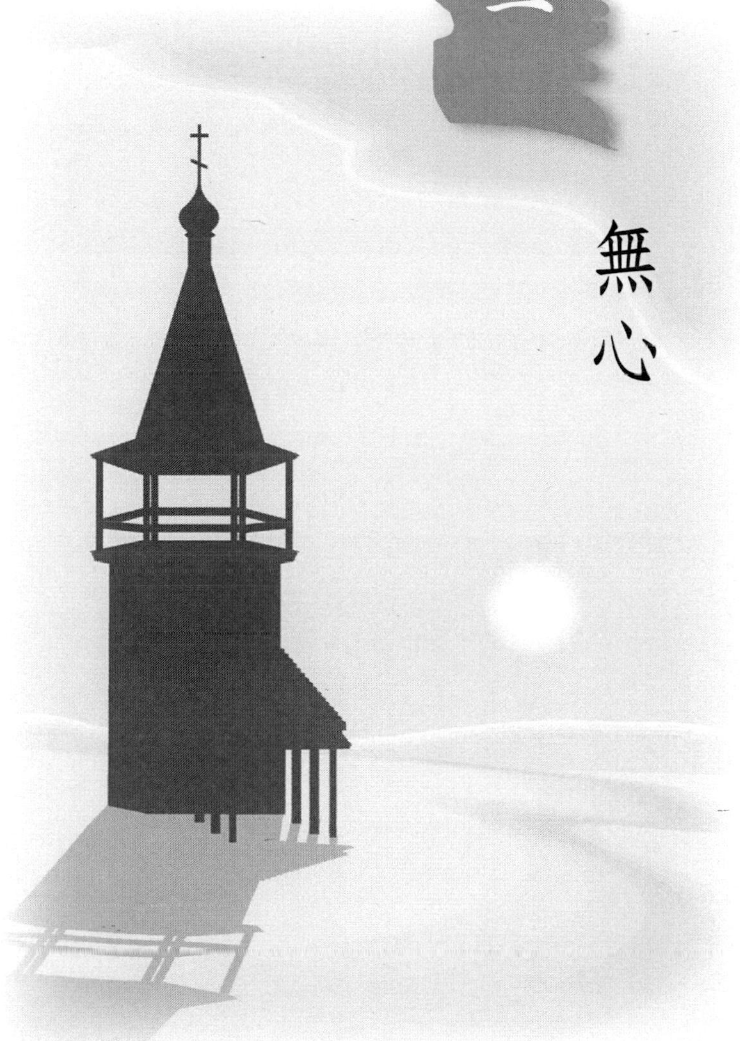

最新故事

夏天做的夢很棉花糖

胭脂

盒子裏跑出來的祕密
抹上一點嘴唇就會發出紅色的笑

玩具熊和鴨

河裏來了一隻黃色會叫的船
呱呱喚出岸上那兩尊懶得動的雕像
它們相約要去飛渡夢中的桃花塢

偶遇

在太平溪口看到海
突然心寬了兩個肩膀

一九〇〇的祕密

不會搖晃的陸地讓人暈眩

春想

走到樹前，我斜著身對它說：「你長歪了。」

「是嗎？」樹回我：「你也沒多正。」有個人笑吟吟的盯著我們看。

苦楝花（一）

樹上的春天
開滿紫色繽紛的夢

苦楝花（二）

你要我苦苦的戀著
一個花期的過去

靈來

黑天使駕著白天使的尾巴
超速的闖關
神祕正在擠爆一個小小的地球

第四恨

詩在美食中難以飛翔

英倫情人

我的嘴裏留有你淡出的餘香
你割我的心想念著你
昨夜的激情戲誰比較享受

遏止（一）

鈴聲響起
我的嘴巴迸出一顆心

遏止（二）

鈴聲響起
我的嘴巴迸出一顆驚訝

遏止（三）

我的心響起
嘴巴迸出一顆鈴聲

業

竹藪中一次的豔遇賠上兩名男人的性命他們都說太久了

許願池

抹去你臉上那朵微笑
女人對她的丈夫說

久久九一次

遭逢老陽
死了
然後集體免疫

有蛇

牠正在用蜷伏綑綁一個驚奇
美男子已經翩翩遠去

麥克風（一）

帝國主義最赤裸的把戲

麥克風（二）

從你的假聲我聽到最真實的告白

老人與小孩

給你一支棒棒糖
我要鬍子

痴

看美女照片無點
兩張思念從亮光中澹起

清點冬天

北極透過雪光遙望著南極
赤道的火燄升起一座燃燒的橋
鯨魚映照出了自己的臉

正遊戲

一片桃花疊著一瓣李花在空中飛舞

卷二

很有意

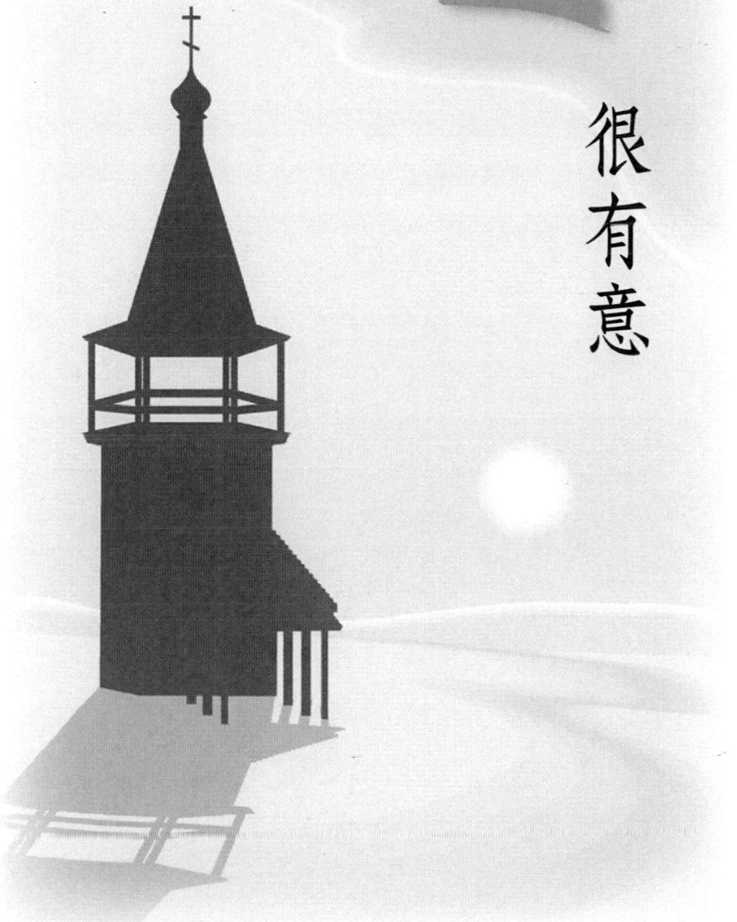

電影

影像在逃離文字的捕捉
我追到了它布下的驚嘆號陷阱

大結局

散場噓聲走出去凝結在空中飄花

鏡頭

掃瞄一個虛張的故事
長短遠近淡入淡出我們來終結說話

三一律

統一場中時間背叛了空間
只有情節搶走故事甜膩的風采

瀰

驚悚暴力愛情科幻相繼消費世界
觀看的心情裏有羅曼史
像蔓藤攀沿綿長的穿空而去

蒙太奇

躲在鏡頭下的一隻鴨子飛了

剪輯

班傑明的奇幻旅程接到為愛朗讀
沉沉的落日開始要做火紅的夢

情節

形上原理發配給因果原理後
長線條中允許你分岔尋找那隻迷失的鹿
返途記得撿起一支探測棒

角色衝突

杜邦和紐曼聯袂進入汽車旅館
驚嚇到兩隻鴿子和一位上空女郎

災難片

揹著家當從十三樓騰躍
熊熊的烈燄把他衝飛上天
一架直升機橫切過來

反叛

走完鋼索踩火坑去演我倆沒有明天

悲劇

還要放逐多久
故鄉的佳人已經生霉氣結了

黑色幽默

剛拴的一滴淚就被笑容接收
飆成曠野上凌空的彩虹
背包內還裝著昨夜星星的骸骨

力

飛出去像劍穿透一粒桃核
落下點點雪花

開場白

午夜了我才要進入書本過正常生活

恐懼

閃躲過寒光
扭曲的臉孔交錯著毒品和殺伐

收場白

跳出書本我正好停在午夜

對話

那邊可以收網了
你去警告綁匪

幕

切換一個熟透的畫面
給它噴霧
馬匹就會邁力奔馳

啟蒙旅程

像火箭斷成三截還在兀自的爬升

喜劇

摧毀一座城市後
天空突然放晴

生死一線間

上帝在撒謊
真情的告白留給魔鬼
你我可以潛逃

性

酒和食物約定好了的上等享受

結構

准許你再一次的犯錯
明白後記得不必尋求救贖

偵探片

東方飛快車剛要磅秤一顆子彈
福爾摩斯就飄然的出現
他跨時空逮到兩個採花賊

復仇

桌下一灘血留給你慢慢的吸乾

好萊塢

鑽進來的人
都想回家

大江東去

夢露燃燒過的熱情
膠裝成經典
一頁一段划槳

危機點

引爆矛盾看你還能神氣到幾時

追逐

警察跑在歹徒前面
倏地槍聲響了

女英雄

男人都死光光了
留個名額給你
不能偷懶

反諷

一個趴在漆黑街上的醉漢
喃喃的唱起國歌

卷三

我寫的書

新福爾摩沙組詩

蝴蝶一隻輕輕地停在綠色的圖像上
纖細點將喚出歷史鑿過的地瓜

剪出一段旅程

風信子漫飄上草原
遇到幾棟樓房歪斜在烏雲的扭曲中
一行字帶著寂寥要去穿越沙漠

又見東北季風

吹落斑駁的記憶給你撐起千斤的重量
向海的黃昏有鶺鴒的鳴聲

又有詩

夢見城堡不敢喧嘩模糊中我正在收拾離別

我沒有話要說

邪惡小精靈掉牙了
抱走一座聖像可以拯救早場的獅吼

未來世界

我們都看到了稀稀的國度
一隻白文鳥和一隻貓在競賽沉默
四個發紅的隸體留給空白囚禁

七行詩

註定照片裏的容顏要抗拒強來的霜雪有水聲響起

蕪情

斜倚的澄藍板塊厚重的
壓迫一個小小的倒影
一起浮沉於無垠的海洋

追夜

日落日升的空檔
我投身在文字的海洋找船

文學詮釋學

色塊要反白落難者齊聲說不

從通識教育到語文教育

站在書堆上觀望一個世界
天空變黃了

轉傳統為開新

屋頂架橋
煙霧從時間中走過
等起風

佛教的文化事業

光圈圍在靈山
琉璃藍出了半邊天

語文教學方法

京唐紙的紋飾被赭色捲去釋放話語

走訪哲學後花園

短廊停著樹影
石階上有走遠的腳步聲
回頭兩個橘色的夢

紅樓搖夢

芍藥裀給湘雲醉臥以後
人間就不准再說石涼

語用符號學

幾何到了網格就想裸露
橫排一行驚聲太沉重

靈異學

暗綠的深淵裏有黑洞嵌著一條迴路

身體權力學

隻手想遮天
星星杳去
紫色的威嚴吞了半個儀式

語文研究法

間隔在斜睨剛剛脫稿自己瀆亂的故事

創造性寫作教學

顛倒快樂屋
賺到一座塵封的樹林

後佛學

不能再次的騰空
壓力從遍地紅氛中巴來
重了蓮花座

後臺灣文學

時序在針尖中溜躂
轉過明天繆思就會翻跟斗來報到

文學理論

楓風的世界浮過一個洋面孔

閱讀社會學

摘除眼鏡輝映書的世界
文字會跳躍
背後深廣的意在迷戀

故事學

翻折一疊永恆還是被斜幅劫掠去了

死亡學

日暈在波濤上湧升
加框的生命一併從微醺中凸起

後宗教學

權杖死訊都給你合十去仙境列班

作文指導

憂鬱閒渡了一片藍
門面換來米黃鑲粒的微笑

中國符號學

一道門後還有一道門後還有一道門
鎖隱身在摸得到的地方
霍然一聲金嘴全開

文苑馳走

飛瀑從底下彈跳刮走滿滿轟隆的晨霧

思維與寫作

方格堆出一疊風景
潺潺的水聲要尋找出口

佛教與文學的系譜

漸層的紫包裹思慮解脫在縱貫中

新時代的宗教

圓球隨你三角四邊的連
夜幕會透光
想醒來的人趕快沉睡

兒童文學新論

稚趣生長到佔滿空間
那邊鈍重的紅也要嚮往飛翔

語言文化學

轉軌後供你思索一朵花的凋謝

臺灣文學與「臺灣文學」

手札錯置到了封面
很鄉土
猩紅的景地還在四處開花

佛學新視野

黑暗中一尊佛微微的透光
冥想明天的泅泳

臺灣當代文學理論

跌宕的急響都在攤開的紙頁中觀我生

文學圖繪

酡紅不醉以後
藝事就會層層靈動起來

秩序的探索

總是一副面貌
世界得用土巴結
破除陳年

詩話摘句批評研究

藏起了雕板
准你跟古老的心靈對決

卷四

他者

敵人

從來不知道他隱藏的形式
有個夜晚燈亮了
我看到他蹲在文字的角落喘息

靈療師

呼喚風雨一次就折壽一個艱困成長的秩序

夫

還不到頂天立地的時候
涔涔的汗水已經濡濕一片找你

奇蹟生還者

抓錯了退回去
神佛不能限時寄達
該甦醒的自己來

土撥鼠

給他加這個外號的人氣憤起藍點的

迷

帶著歇斯底里的亢奮
從書本中跳進跳出
最後得到了文學的桂冠

終結者

智昏一半撥給無常
自己在別人的錯愕裏享受剩下的一半

古人

你流轉歲序不跟
誤過一個朝代
歷史編撰者獲得了終身的救贖

殖民主義

舉手投降餐後有甜點

霸

水洗清了他的罪
你持續往自己身上塗抹顏色

政治人物

趕場嚇到一個遺忘掙扎的影子

褻瀆

蒙娜麗莎的眼皮下點痣
大衛那話兒微微昂揚
瑪麗蓮夢露的嘴唇聞到一根香腸

另一半

相約還掛在牆壁上
就被逮住誓言脫不了身

憐惜

早晚會減量的衣裳你好生穿著

佳人無緣

佇立風中不勝楚楚
貼你的名在夢裏夢外

揚聲

幾時名氣爭到又跑了
杜塞悠悠的嘴巴後
詆毀長腳從夾縫閒閒的偷溜進來

賭

遊戲給牌型錯過了生命一張留白

女性主義

跳入潭裏呼喊
行人路過驚喜四周的鼓譟
一隻寒蟬從上空飛走

幸運者

期待萬千保溫給你中獎一次

妖

張開地圖泛黃的
把線條捲進去吐出半根骨頭

吃人的

異食菜單內唯一的禁忌
統統掃除後發現
比較美味白人排名最先

大師

拱豬比賽
羊跑出來要求變色

新專家

會不會勾題名字鍵入電腦開始奔躍

學術會議

拜拜一次的支出
贏得清算無數的動員

書

唷你
軟的硬的都來一把
不准搖頭

那一首歌

唱完又點的機率在視覺以外

頹廢

字字織進風灌的海洋
午後陽光懶懶的
許個願

我

後設分裂的前夕
遇見我跟敵人一樣躲在文字的角落

卷五

旅人系列

賦閒

拔一根偷渡出境的鼻毛
賺到了兩顆星星激射的淚光

風中蘆葦

站姿裏沒有垂首俯就的種子不會發芽

東行

喚醒太陽的力氣早就給了波動的海洋
我撿起一顆扁平的鵝卵石

靠

在被詛咒的教室裏
我欠你一個痛苦

鬼故事

爸爸下來
我們一家都不是人
好吃的鹽酥雞

早春

兩隻蜻蜓輕盈地飛過一床灰撲撲的牛背

訪綠色資本家

完全無意識的清空後
允諾會得到轉向增值的征服

夜店

看守星月的人在計算一滴雨露的常溫

新的荒蕪

鞋子是新的
地彎曲後卻荒唐了
心裏準備要蕪亂

采風

走到半路嗟訝在喊停
後面沒有人趕上來

看無常

疏影想橫斜水不讓它清淺

吼

滄桑不說話
雲天的路上有回聲

前途的光

濛濛中溫著微熹
一片風在招手
止步旁邊會遺失最新的雕刻

裸行

能見度只給一次初戀的眼神

那個隱者

一襲寂寂的寒夜
在別人的倉皇四顧中藏匿

撐

活從死亡邊緣撿起一塊尊嚴走過去

過站不停的車

衝撞蒼茫
你把時間癱軟了
有漫漫的等待

及時雨

乾涸的土地要呼吸
菅芒都豎起長管借它搏命演出

行囊

明天我會裝滿一個地球去找你流浪

都會逗留

腳已經生薑起繭了
終點還得穿過這座水泥叢林

江湖

刀劍小心預防在進退間失速
船一艘艘的來了
美豔的風聞載不動要沉底

臥虎藏龍

命運的跡線爬出溝渠又迎向山頭

憤

絲瓜架下的懸垂
都鑽進心裏精釀爆發

性愛

擁抱胴體靈魂無謂的聖潔了一次

海外仙鄉

南十字星從黃金海岸浮上天
我悟出了回家的道路有神靈在拉長距離

流星雨

飄過闃黑的宇宙
終於找到了光
淚把感激寫在天邊

冬

凍結四個季節以後准你一次提領

遠離非洲

高速道路沒入草原去親炙夕陽
我們帶著燒焦的憶念往新大陸翺翔

再遇東北季風

蘭嶼和綠島都蒙在灰夢裏忘了飄動

北國

候鳥飛舞的煙霧中
有抖落的印記
述說著不能牽繫的痛

日出扶桑

斷腸人等到了一枚淪落天涯的通行證

謎中謎

拆開紙上寫著兩個字
一個隱藏一個顯明

歸

回家賦閒數風中蘆葦

出遊

心出去了身留著
裝備用綑的給風寄達

卷六

曾經

飛翔

夢從曠野中凌空
帶我到一個失去紀年的地方

吊橋上的顫動

懷抱一顆巨石滾落
驚懼驀地醒來
四顧還有滿身的冷汗

遇蛇

昏暗的路上萬頭晃動聯袂在許夢

殺手狂追

刀斧劈空加墨
恨意讓我來不及清醒

又一陣追逐

他們闖進來我飛出去在一片夢裏的山谷

講壇

三十年喧呶
連一覺都沒來掀牌
清清如水

過從後

自居師尊的人
進入我的夢中突然小丑起來

學界風雲

集體擋路贏得一場扭曲的夢灰灰的

綺色

還想著全夜的羈留
溫存卻從透光的縫隙中溜走

不見老邁

一路借睡夢狂飆
歲月忘了問靈魂安好
年輕的身影依然

你幹啥

戲劇臺詞謹記在走向墳墓的路上

吾少也賤

孔老夫子一句吹噓的話
許多人從此無心怠惰

情場

轉戰無望鬥志到今天還在蕭條

葷

辛辣管不動魚肉
佛性從聞香中昇華

送說客

天如果給雨弄晴朗了
就答應你下山

孤軍奮戰

想不到封住他們嘴巴的一帖靈效
已經蔓延成無數凡庸的夾擊
逃開贏得自由前面是死路一條

閱讀

種子發芽過了自己去找雨水灌溉

超過一紀的書寫

半折節
向夜挑戰文字的星河
長空得到了雷鳴

跋山涉水

足跡耽戀旅行帶著煲過的季節

綠經濟

反對你給出升斗小民
一斛一斛的颳起換色的旋風

虧欠

回望顛躓的家在煙雨迷惘中

嗟來之後

黔敖追不上了
一個疲憊的影子踉蹌前進
從歷史的缺口走出來

問

兩架耒耜可以耕耘多少心園的荒蕪
我的年輕扉頁有透支的紀錄

新傷

淌血的位置在奔馳一支失去座標的部隊

那個人

沒名沒姓沒餘味
他伸出發燙的手握住時間逃跑的辮子

終結看天

帝國最後的誘惑一次半夜的酒醒

懷念

荒地在挑戰
有情天
跌倒的人都披著彩帶出場

晚風了

遙想里墟的那幾縷炊煙
裏面有泛白的呼喚

在安全的地方冒險

讀一片書海鷗鳥帆影都啣來了震驚

卸妝

還要上戰場搏一次心跳
寄達的包裹自己貼上拒收的標籤

卷七

上下古今

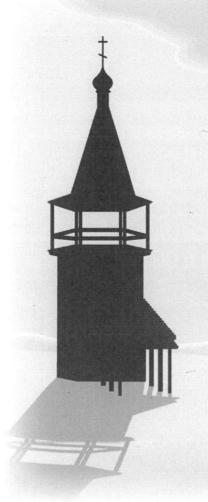

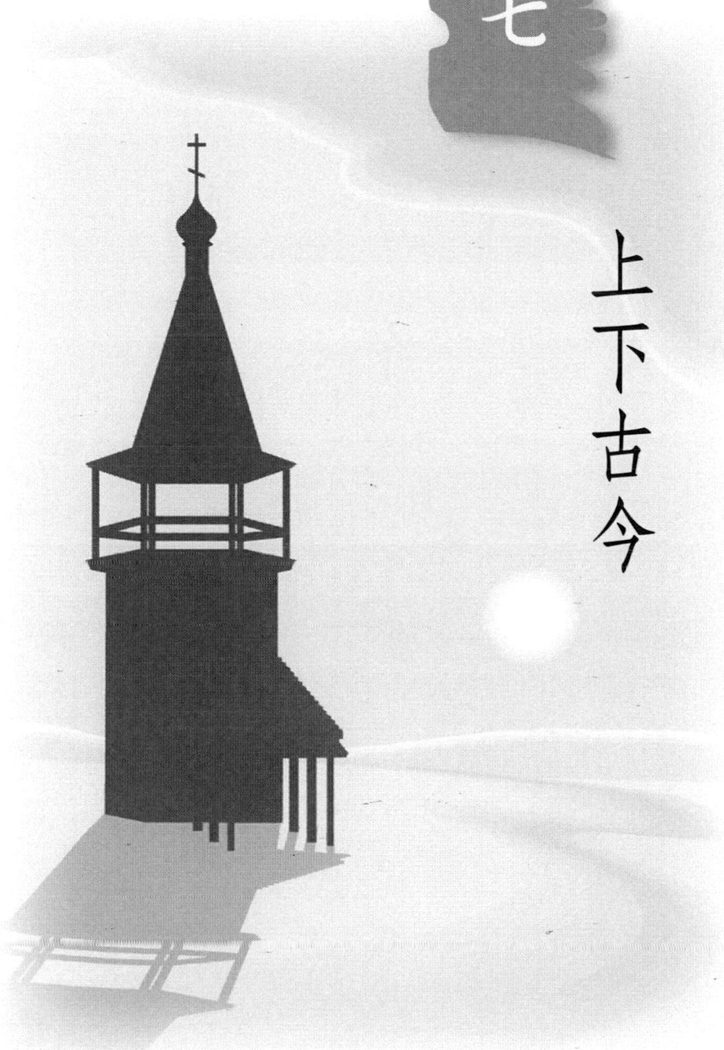

野合

來不及祈雨就變出一個聖人
春秋時代的天空很盎然

矛和盾

兩難考倒販夫肥了製造商

道

它說無法名狀
又自本自根
一隻青蛙跳出水面要吐納宇宙

齊人之福

驕了妻妾後賺進兩缸眼淚

逍遙遊

大鵬攜家帶眷
一沖九重天
魂魄撐不住紛紛掉落化灰

顧左右而言他

赧顏已經習慣性的知道逃避
孟軻老先生你就別再撚鬍子逼問了

白馬非馬

藍海非海對上白人非人的戲碼很公孫龍

兼愛

禽獸在城市裏跑跳
逢人就問一聲什麼時候輪到我開打

卜

出征納娶偏頭風
天靈靈地也靈靈了
報償一定足夠

碩鼠

田賦上秤時記著一半停在袋外

西楚霸王

不學書不學劍
只喜歡自譜輓歌

大風歌

欺負人家年輕
巨猾贏了
合該彈淚四方還沒有歸心

天人感應

看你不爽就給藤條鞭打飢餓

賦

炫才一次
美艷的詞藻跑遍天下
最後再綴入錦囊

一石才

曹謝都分光了
我們撿到一點碎屑

七賢

傲嘯要用七張嘴巴去扶住走調的頻率

不如歸去

折腰只為了五斗米太滑稽
還你烏紗帽尊嚴想退隱山林

將進酒

沒有得意的人生要盡歡
更飲一杯醉醺
萬古愁緒不會自己團夥銷去

旗亭賭唱

一輪歌聲買你行腳寫詩的心情

思有邪

樂淫哀傷都要沾上一點
招惹沉痛不是廟堂就是江湖
過了夕陽黑夜還在

鵝湖之會

兩方人馬廝殺心性分不出勝負

格

用一場熱病抵擋
半畝方塘上的天光雲影
佛在旁邊訕笑

錄傳習

確保純種有保單
格調不許你學人家旁門左道

良知坎陷

激將很偏方讓先儒嚇出一身冷顫

新仙學

籃子裏有東方不敗高超的武功
揀幾樣罩體保證槍炮從此焚身失靈

民主

臺上那一黨貪婪的眼神餘光掃過
嫉妒扯爛污的權利留給臺下這一黨
雙邊人心合起來跟著稱快

脫衣舞

最現實的一場政治表演
裏外光溜溜的

科學

舉起一塊石頭切記算計上帝賜給的力量

資本主義

看著別人的荷包縮水
臉上會映出天使詭異的微笑
早晚存摺都要洗牌一次

被征服

所在國上等公民出缺新買辦統統遞補了

競比

創造氣化緣起繞一圈
站出來有高矮胖瘦
凸顯的在能見度中隨風擺盪

遺傳工程

複製一個上帝得費多少溫差
西方人搖著頭說答案已經有了

後現代

破碎沒深度從夢裏夢外黏著我們不放

網路遨遊

一隻滑鼠挾持一個箭頭
點燃光纖的火焰
全世界的兔子都在癲狂的追逐

末世

理性給人佔去的那一天
神就躲進雲端偷偷的啜泣
臭氧層破了地球在流瀉

能趨疲

滅絕前夕死寂要發通告
熵養大後你會遇到停止呼吸的海洋

卷八

紅樓夢人物速寫

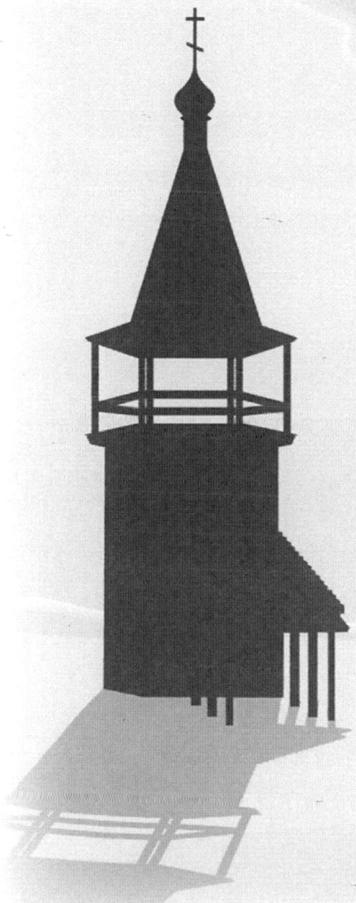

林黛玉

最難當她語言的潔癖
鴻濛一聲裂開了

薛寶釵

問雍容
華貴連帶一起給你
疼到會滿室春風

賈元春

剛出場就高潮很難控制散戲後魅力的餘溫

賈迎春

剋到中山狼是命
寫書的人還在期待她血統變純

賈探春

前去迢遙
歸來也迢遙
才字容許蕪向荒煙蔓草中

賈惜春

空門無門青燈偏偏看住一個流蘇過的生命

史湘雲

豁然大肚可以當招牌
嚼完鹿肉後記得錦心繡口的吟詩
從豪門來還是要從豪門去

妙玉

心框住了一座佛
情欲滿滿的在周圍徘徊窺伺

秦可卿

都是痴情種落入紅塵被悲嘆挾去

李紈

稻香老農太早
心如槁木死灰玩真

王熙鳳

如果吊書袋一次能夠增價
她就不必逢迎拍馬然後回房揪心
到死都還是別人最失手的設計

巧姐

十二金釵的落難戲大結局
一朵清蓮默默的開在池塘邊

賈寶玉

出家就是出閣
星散的夥伴不會再圓聚了
回去青埂峯的路上有名

木居士

太虛幻境一別
千年都在你的夢中浮潛

灰侍者

翻過窮山惡水只為圖個連風都激動不了的淨境

【後記】

玩詩

詩，從以意象的比喻或象徵來撐起它的形式後，就繇繇渺渺的走上一條獨特審美的道路。它雖然不必像波特萊爾（H. Baudelaire）所說的「詩是人類對一種崇高的美的追求」那般執著，但可以多方玩賞一如藝術品那樣吸引人，卻是語言進入詩的領域所給人的特別不同的感受。

如果要說詩有什麼可以讓人持續耽溺的，那麼它的藝術性的意象能供人把玩尋繹不盡就是了。好比歐第貝帝（J. Audiberti）的詩「攀爬中的蕁麻捲起了灰色的斑駁」，這所象徵蕁麻和灰牆的激烈的戰爭，就很可以誘惑人來品賞它的文字造境的魅力。又好比莎士比亞

（Shakespeare）的詩「四十個冬天圍攻你的容顏」、彌爾頓（J. Milton）的詩「（牛蠅）吹著它悶熱的號角」、高柏（N. Goldberg）的詩「她丈夫的呼吸把她的睡眠鋸成兩半」和古希臘無名氏的詩「蟹鉗住蛇，／對蛇說，／朋友，你應伸直，／不要橫行」等，這所分別隱喻歲月逼人蒼老、換喻牛蠅叫聲響濁、借喻丈夫不懂體恤太太和諷喻蟹欺蛇太甚或蟹不自量力（只要蛇稍一扭動纏結，可能就會讓蟹窒息）等，也很能夠引導人來玩味它們內蘊的豐粲的聯想力。

在這種情況下，詩不論是寫作還是閱讀，都得去「玩」才能感覺到它的風味。而這在我的經驗中，已經頗有心得了：幾本「計畫」性寫作的詩集，如《七行詩》、《又見東北季風》、《剪出一段旅程》和《新福爾摩沙組詩》等，都讓友朋有「似乎玩過了頭」的詫異感；而我個人也正為它們所給我的「就是要玩你們」的詭譎氣氛而「自得其樂」起來。現在再出版這本每首詩長不過三行的《銀色小調》，想必「玩詩」的興頭要讓人更好捉摸了。

比照慣例，我不會為這一系列的詩作解說什麼，但對於很有所感的周遭一些「相契的詩興」，則有不得不記它一筆的衝動；於是這篇後記也就從這裏切入了。它主要是在去年夏天發生的，語教所暑期班第二屆的一羣朋友，修我的「詩歌研究」課，由於當時我剛好草完《銀色小調》，所以同樣的興致就延續到課堂上，帶去一株半黃的萬年青要他們各自即景賦詩一句。結果頗多佳作，如：

一抹青綠凍結火紅的熾熱（林桂楨）
纖瘦的玉體挺出綠意（羅文酉）
翠綠的臉龐藏著一半倦容（鄭揚達）
萬年來的孤寂青得只剩下斑駁（林彥佑）
襯著瑰麗瓶身湧出自由奔放（徐培芳）

我自己也當場吟了一句「我聽見一株萬年青黃了」，並題為〈早戲〉。爾後跟才進來的暑期班第三屆朋友，於假日喝下午茶、騎自行車遊逛，所感竟然都「短製」起來。如一次經過開封街，遇到〈臺東的天空〉只得「我掏出蔚藍包裹你無色心湖的盪漾」一句；而稍後跟秋堇、心銘和秀子三人騎去伽路蘭，回程已經天黑，就在「藍色愛情海」用餐，分別得「今晚的海浪很可口」和「夜間黑色的音符滴滴敲進我的肌膚」兩句無題詩。

或許是八八水災剛過，有的家裏泡水，有的所住學校宿舍被沖進海裏，有的新買的一塊地在走山後不見了……大家心情沉重得快要遺忘了詩，我僅在暑期班第三屆的課上為他們寫了一首〈今夏盛事〉以及〈一隻蟬的死亡〉和〈莫拉克〉兩首分享（將收在下一本詩集）。此外，就是「詩歌研究」課陪著寫的幾首戲耍的詩：

鯉魚山

躍出東海來抓一顆月亮跌下來摔得

有點扭曲你就別笑了那一天遠處那
隻貓會給顏色瞧的窩在小城的中心
超尷尬的現在還不能呼救那些長茂
密的樹已經在幫忙偽裝我賴定了

藍色的愛情海

他的文字把前途割出了一道傷口
文字割出了一道傷口把他的前途
前途把一道傷口割出了他的文字
一道傷口割出了他的文字前途把
割出了他的文字把前途一道傷口

他的一道傷口前途把割出了文字

後後福特時代

臺灣設計美國技術

海外原料大陸勞工

〈鯉魚山〉原是排成一條鯉魚狀的，因為這裏不易處理，所以就讓它方塊化了；而〈後後福特時代〉則是借早年出版的《未來世界》中一首〈臺灣品牌〉予以更改後用來寄望臺灣好扳回一點顏面。這些都可見「刻意玩詩」的痕跡，而我多少也體驗到了詩可玩的地方不勝舉實。

在這個過程中還有一段插曲：暑期班開課初期，明玉、靜文和麗娜三人來邀去遊綠島，等候論文口考的惠敏偕她女兒怡帆同行。我得詩一首題為〈六人行〉（也是要收在下一本詩集），頗長，還寫在廁所使用的滾筒紙上，大夥見了連連驚呼！當夜在「冰獄」吃冰，看到滿壁桌椅都被題了字，一時興起也找來一張椅子，在後椅腳題上一副嵌字聯「冰隋海象涼綠島，獄剩人潮熱朝陽」，突然覺得綠島行「詩意」極了。返校後，惠敏帶給我一疊她們「偷偷」寫在明信片的贈詩：

綠島迴響曲

林明玉

陽光正好海水正藍
髮絲飄逸心情飛揚
美麗的綠島終於一睹風采
昔日的淚痕烙印在歷史的皺褶
觀音不在石像裏只在虔誠的煙火裊繞中
狗兒守護著睡美人
卻守不住一親芳澤的浪人
溫暖的海水

滿足了踏浪的心
伴著月亮的恆星閃爍
撫慰旅人漂泊的情
晨曦中的山徑
遙望海天的藍
是一條不斷的臍帶
輸送母親的思念

記火燒島六人行　許靜文

睡美人有哈巴狗守護懷孕的祕密不許說
人生喧鬧的溫泉夜你看到月娘笑了

綠島國有一滴情人的眼淚不知為誰流
虯結的榕樹關不住又走不出　只要
半瓶啤酒的微醺
就足夠掛上一道彩虹
小島在微笑

給周某

李麗娜

三年的時間不變的笑顏
除去課業原來我們可以像朋友
你依舊給我一種深沉的感覺
卻因綠島行冰釋對你的誤解

綠島國六人行

匡惠敏

周旋喧囂人間
只想出走
汽笛聲的宣示
隨著海波搖盪到綠島
小島風情瀰漫著都市的氣息
尋覓不到想要的感覺
六人行的機車聲
訪遍了綠島的每一個景點
人權公園嵌著的人名

滿布著濃濃的悲情
提醒歷史上的痛
睡美人有哈巴狗守護
我的心依舊飄盪
南寮漁港踏浪行的快感
喚起了夢裏的記憶

人聲鼎沸的朝日溫泉
泡湯的人早已遺忘一輪明月的餽贈
米酒香的催化自比神仙
過山步道上頑皮的雨精靈
逕自參加了這場活動

綠島有著六人行的印記
美好虹見證了

當中靜文特別有同好愛玩詩，前後寄來未加題的詩作兩首：「沒有詩／曾經燒過痛過的島／已把詩寫在綠樹藍天裏／寫了滿天的星光／月色中細細的潮聲湧來／你肩頭上輕輕睡著的／是我童年的遠夢／不想／醒來」、「夏天的後山笑著回家了／我們在沒有琵琶的黑森林湖忘了尋詩／詩在滿溢的心中迷走／／更不忘那低吟的秋蟬聽見／霓虹燈閃爍著離別／退去的浪潮靜止了洶湧／夜裏的風就吹來一朵晨昕坐上你白了髮的單車／散不去的步伐／收藏我散去的想念又隱隱流動／仰望的屋簷挽留一場大雨／只等走廊醒了還有不眠的咖啡／／揮手作別後　轉身／讓月光烘乾／潮濕了的海會映照出／一顆星的永恆」。此外，還有多首題在送給我的風景照背面，就不細提了。宣稱早已是棄詩人的她，這回卻比我還玩詩上癮，幾乎要到欲罷不能的地步！

回到日間班的課堂，這羣年輕朋友整學期相處，其實給我寫詩的靈感更多。他們偶爾俏皮，經常製造歡笑，在必要時刻還能善解人意。《銀色小調》中有一部分作品，就是在課中課後被激發出來的。今年度入學的這一屆，不論男女都能飲酒，每逢聚會總會增加幾分熱鬧。準備收在下一本詩集的〈在酒的國度——記中秋前夕一場烤肉〉，就是中秋節前夕大夥一起烤肉歡聚後寫的。碩二正在撰寫論文的振源，一向有吟詩論詩的雅好，每有得詩必定跟我分享，他也是一個詩的癮君子！像最近就有一首兼談我詩集的詩：

蕪情　曾振源

白頭翁尋覓一個自己懂得的人
初試啼聲
所有的情緒都進了蕪情的空間

利用文字來灌溉實在荒謬
播種者卻滿心期待著收成那一天的到來
一次再一次的訴諸文字
在　邊地發聲

聲聲慢
作者心中千錘百鍊的巧思畸情凝結慢慢
文字發光發熱的速度慢慢
口袋鈔票累積的厚度增加慢慢
聲聲急
老家妻兒期盼金榜題名眼神迫急

振臂邀杯吆喝聲　聲聲告急
返程歸途馬蹄聲　聲聲切急

蕪情點燃後就無法絕情
不能七步成詩只好寫七行詩
遇見東北季風又有詩的雅興
該如何將一段一段的旅程剪下
我沒有話要說

有一天，他來辦公室，劈頭就問我：「『我傾聽』，這是詩嗎？」我說：「那只是日常語言；如果改成『我的眼睛在傾聽』，就是詩了。」他欣然而去，我立刻得詩一句「我眼睛在傾聽你辛辣的告白」。隨後去知本校區指導華文系一班「新詩閱讀與寫作研讀會」，經過空曠的校園，抬頭想到「星星用飢餓的眼睛看著月亮」一句，還加上〈奇觀〉的詩題，倏地感覺整個夜空都在靈動吐氛。

比較遺憾的是，去年八月三日接掌所務上任茶會那天，暑期班和日間班的朋友都來助興，送盆景花束、匾額T恤和歌舞短劇，盛情不知如何一一踵謝。僅在致詞中以一副嵌字聯「暑天情繫東海岸，碩彥意耽語文風」和橫批「班班揚名」先謝暑期班，日間班則還欠著，到現在都未能還詩。倒是暑期班第二屆送的那塊匾額，上面有彥佑的題詩和書法家李國揚的筆墨，可以「填補」那一段空白的詩情：

啟程　林彥佑

給你一個神聖的光環
讓文字昇華為密碼

符號需要一個空間
在時間軸上
醞釀一盞輝煌

連髮梢都白了頭
在刻紋裏侵蝕了容顏
腦袋棲息　夢工廠裏日夜研發　製造
肩頭還扛著甜蜜的包袱
就算負重　也要堆得滿足一些

八月三日
美麗的紀念圖騰

八三成了永恆的雙腳在學術上行吟游走
詩句還在蔓延　語言配合著鼓動
旅途迤邐　在歡騰裏頂著榮耀
扶搖直上
掌聲　一路攀登雲霄

再來一陣掌聲
穿透雲層　直灑光芒落
映照龍鳳羣雄
冠蓋雲集可曾覆蓋了寒窗
啟程　尋著詩意抵達夢的邊境

慶孕語中人
華育教化才

詩還是要繼續玩下去。它不論是否像切瓦（T. Ceva）所說的「詩是在理性之前所做的夢」或是尤夫（P. J. Jouve）所說的「詩就是一個靈魂為一種形式舉行的落成禮」，詩都可以自成一種生活的安樂窩或逋逃藪。在這裏，我們浸淫，也逃遁，直到美感的敏銳度不再。最後，感謝光明兄抽空為詩集寫序，多年的學友情誼，因為他南下到屏東教育大學中文系任教而有更多再交集的機會；也感謝欣怡幫忙繕打、依錚協助統稿、秀威資訊科技公司世玲小姐和靚秋小姐等的辛勞編務，他們都在最末一個階段讓詩找到了旅行的徑路。

周慶華 二〇一〇年初於東海岸

國家圖書館出版品預行編目

銀色小調 / 周慶華著. -- 一版. -- 臺北市 ：
秀威資訊科技, 2010.04
面； 公分. --（語言文學類；PG0357）

BOD版

ISBN 978-986-221-442-8（平裝）

851.486　　　　99005269

語言文學類　PG0357

東大詩叢8：銀色小調

作　　　者 / 周慶華
發　行　人 / 宋政坤
執 行 編 輯 / 詹靚秋
圖 文 排 版 / 鄭維心
封 面 設 計 / 陳佩蓉
數 位 轉 譯 / 徐真玉　沈裕閔
圖 書 銷 售 / 林怡君
法 律 顧 問 / 毛國樑　律師
出 版 印 製 / 秀威資訊科技股份有限公司
台北市內湖區瑞光路583巷25號1樓
電話：02-2657-9211　　傳真：02-2657-9106
E-mail：service@showwe.com.tw
經　銷　商 / 紅螞蟻圖書有限公司
台北市內湖區舊宗路二段121巷28、32號4樓
電話：02-2795-3656　　傳真：02-2795-4100
http://www.e-redant.com

2010 年 4 月　BOD 一版
定價：360 元

讀　者　回　函　卡

感謝您購買本書，為提升服務品質，煩請填寫以下問卷，收到您的寶貴意見後，我們會仔細收藏記錄並回贈紀念品，謝謝！

1.您購買的書名：________________

2.您從何得知本書的消息？

☐網路書店　☐部落格　☐資料庫搜尋　☐書訊　☐電子報　☐書店

☐平面媒體　☐ 朋友推薦　☐網站推薦　☐其他________

3.您對本書的評價：(請填代號　1.非常滿意 2.滿意 3.尚可 4.再改進)

封面設計____　版面編排____　內容____　文/譯筆____　價格____

4.讀完書後您覺得：

☐很有收獲　☐有收獲　☐收獲不多　☐沒收獲

5.您會推薦本書給朋友嗎？

☐會　☐不會，為什麼？________________

6.其他寶貴的意見：________________

____

____

____

讀者基本資料

姓名：________　年齡：____　性別：☐女　☐男

聯絡電話：________　E-mail：________

地址：________________

學歷：☐高中(含)以下　☐高中　☐專科學校　☐大學

☐研究所(含)以上　☐其他________

職業：☐製造業　☐金融業　☐資訊業　☐軍警　☐傳播業　☐自由業

☐服務業　☐公務員　☐教職　☐學生　☐其他________

請貼
郵票

To：114

台北市內湖區瑞光路 583 巷 25 號 1 樓

秀威資訊科技股份有限公司　　　收

寄件人姓名：

寄件人地址：□□□

- -

(請沿線對摺寄回,謝謝!)

秀威與 BOD

BOD（Books On Demand）是數位出版的大趨勢，秀威資訊率先運用 POD 數位印刷設備來生產書籍，並提供作者全程數位出版服務，致使書籍產銷零庫存，知識傳承不絕版，目前已開闢以下書系：

一、BOD 學術著作—專業論述的閱讀延伸
二、BOD 個人著作—分享生命的心路歷程
三、BOD 旅遊著作—個人深度旅遊文學創作
四、BOD 大陸學者—大陸專業學者學術出版
五、POD 獨家經銷—數位產製的代發行書籍

BOD 秀威網路書店：www.showwe.com.tw
政府出版品網路書店：www.*gov*books.com.tw

永不絕版的故事・自己寫・永不休止的音符・自己唱